EL CAPITÁN CALZONCILLOS
Y LA FEROZ BATALLA CONTRA EL NIÑO MOCOBIÓNICO
2ª PARTE: LA VENGANZA DE LOS RIDÍCULOS MOCOROBOTS

La séptima novela épica de
DAV PILKEY

SCHOLASTIC INC.
New York   Toronto   London   Auckland
Sydney   Mexico City   New Delhi   Hong Kong

Originally published in English as *Captain Underpants and the Big, Bad Battle
of the Bionic Booger Boy, Part 2: The Revenge of the Ridiculous Robo-Boogers*

Translated by Miguel Azaola.

This book was originally published in hardcover by the Blue Sky Press in 2003.

ISBN 978-0-439-66205-5

Copyright © 2003 by Dav Pilkey
Translation copyright © 2004 by Ediciones SM,
Impresores, 15 – Urb. Prado del Espino
28660 Madrid, Spain

Be sure to check out Dav Pilkey's Extra-Crunchy Web Site O' Fun at
www.pilkey.com

12   18 19 20

Printed in the United States of America   40

First Scholastic Spanish printing, December 2004

A AIDAN Y AUDREY HAMLIN

ÍNDICE

Hola a todos, y bienvenidos a la segunda parte del *Capitán Calzoncillos y la feroz batalla contra el Niño Mocobiónico.*
Esta tira cómica los ayudará a ponerse al día sobre nuestra historia hasta este momento...

CAPÍTULO 1

JORGE Y BERTO

Estos son Jorge Betanzos y Berto Henares.
Jorge es el chico de la izquierda, con corbata
y pelo al cepillo. Berto es el de la derecha,
con camiseta y un corte de pelo demencial.
Recuérdenlos bien.

Estos son el señor Carrasquilla, Gustavo Lumbreras y Chuli, el Hámster Biónico. El señor Carrasquilla es el calvo en ropa interior de la izquierda. Gustavo es el de la derecha, con lentes y corbata de pajarita. Y Chuli, el Hámster Biónico, es el animal del centro con aspecto de hámster y ojos de

láser, Piernas Saltatrónicas
Macrohidráulicas, Brazos Autónomos
Superglobulados, Endoesqueleto de acero
Flexo-Expantónico virtualmente indestructi-
ble y un Procesador Doble Kung-Fu 3000
SP5-Turbo, de aleación de litio y titanio.
Recuerden también esto muy bien.

Y estos son los Ridículos Mocorobots.
Tres de las más viles, más asquerosas y más
terroríficas criaturas que hayan ensuciado
nunca la faz de la tierra. Hasta sus nombres
son horribles, unos siniestros apelativos
cuyo sonido infundiría pánico en los héroes
más valerosos.

Si se atreven a saber esos espantosos nombres, se los diré, pero no me echen la culpa si no pueden dormir con la luz apagada el resto de sus vidas.

Sus nombres, de izquierda a derecha, son Carolo, Barbi y Frankenmoken.

¿Lo ven? ¡Ya les había dicho yo que eran unos nombres aterradores!

Carolo, Barbi y Frankenmoken iban lanzando unos berridos pavorosos y ensordecedores mientras perseguían con furia implacable a nuestros héroes por las calles de la ciudad. Por último, los acorralaron a todos en un callejón sin salida y los tres diabólicos Mocorobots se arrastraron babeantes hasta que al fin saltaron sobre sus presas.

La situación era tan espantosa que Jorge,
Berto, Gustavo y el señor Carrasquilla
cerraron con fuerza los ojos y esperaron oír
los siniestros sonidos de su propia defunción.

¡GluBlub! ¡GluBlub! ¡GluBlub!

Pero en vez de los inevitables sonidos letales, nuestros héroes oyeron algo totalmente distinto. Porque, como ven, Chuli, el Hámster Biónico, había abierto a tope sus mandíbulas Flexo-Expantónicas y se había tragado a los tres mocosos engendros de un solo bocado.

Los carrillos biónicos de Chuli se expandieron al máximo mientras levantaba hacia el cielo su peluda cabeza.

Entonces, con la potencia de despegue de un cohete lunar, escupió a los tres pegajosos malvados hacia el espacio.

¡CHUPFFF! ¡CHUPFFF! ¡CHUPFFF!

Los tres Ridículos Mocorobots atravesaron el cielo cual balas de cañón. En un instante, habían dejado atrás la atmósfera terrestre y empezaron a dirigirse hacia Urano. La tremenda batalla había terminado.

—Uf, qué rápido ha sido todo —dijo Berto—. ¡Seguro que esta va a ser nuestra aventura más corta!

—¿Verdad que sí? —dijo Jorge.

CAPÍTULO 2
PUES NO

Desgraciadamente para Jorge y Berto, su aventura sólo acababa de empezar. Mientras volvían todos a la escuela estalló una confusa discusión.

—Quiero que me devuelvan mi hámster —dijo el señor Carrasquilla.

—¿Su hámster? —dijo Jorge—. Para empezar, ahora es NUESTRO hámster. Y además, nunca ha sido suyo. Era de Gustavo.

—No me importa de QUIÉN sea
—interrumpió Gustavo—. Los hámsteres
están prohibidos en la escuela...
¡Especialmente en MI ESCUELA! ¡Van a tener
los tres una buena detención, jovenzuelos,
por traer esa bestia peluda a clase!

—No puedes castigarnos —dijo Berto—.
¡Eres un niño como nosotros!

En ese momento, el señor y la señora Lumbreras se les acercaron corriendo.

—¡Gustavo! ¿Estás bien? —gritó la señora Lumbreras.

—¡Estamos tan contentos de que estés a salvo, hijo mío! —gritó el señor Lumbreras.

—¡Mami! ¡Papi! —exclamó el señor Carrasquilla, lanzándose con los brazos abiertos hacia los padres de Gustavo.

La visión de un hombretón calvo en ropa interior corriendo hacia ellos hizo que la señora Lumbreras soltara un grito de espanto.

—Pero oiga, ¿qué hace usted? —aulló el señor Lumbreras.

—Soy yo, papi —chilló el señor Carrasquilla—. ¿No reconoces a tu propio hijo?

—¡Apártese de nosotros, so... so... so *TIPEJO!* —aulló la señora Lumbreras aporreando con el bolso al señor Carrasquilla.

Gustavo no quiso saber nada de todo ese jaleo, pasó junto al grupo y entró en la escuela.

Gustavo subió las escaleras corriendo y se dirigió a la oficina de la escuela. Todos menos la señorita Carníbal Antipárrez se habían ido ya a sus casas y ella se disponía a hacer lo mismo.

—¿¡¡¿*Adónde cree usted que va, mozuela?!!?* —aulló Gustavo.

La señorita Antipárrez se dio la vuelta y miró sorprendida al niño que tenía a sus espaldas.

—¿¡¡¡Qué es lo que ACABAS DE
DECIR?!!? —exclamó con una voz que rápi-
damente se convirtió en grito—. ¿¡¡¿Quién...
QUIÉN TE HAS CREÍDO QUE ERES?!!?

—¡Yo soy el que le va a dar una buena
paliza si no me trae mi café... *AHORA
MISMO!* —gritó Gustavo.

Por lo general, las secretarias escolares no tienen autoridad para colgar a un niño por los calzoncillos de un perchero, pero el día había sido particularmente agotador para la señorita Antipárrez. Se había visto cubierta de mocos, arrastrada por la ciudad en poder de un monstruo robótico destructor y (lo peor de todo) obligada a ir como cuidadora a una excursión escolar. Ya era hora de sacarse la espina.

CAPÍTULO 3

KID CARRASQUERAS Y EL SEÑOR LUMBRERILLA

La señorita Antipárrez recogió sus cosas y se marchó a su casa, bramando entre dientes mientras se cruzaba con Jorge y Berto en el pasillo. Los furiosos berridos de Gustavo llegaban con claridad hasta los dos chicos, de modo que se dirigieron a la oficina, a investigar.

Cuando estaban descolgando a Gustavo

del perchero, el señor Carrasquilla entró corriendo en la oficina, sudoroso y sin aliento.

—¡Chicos, tienen que ayudarme! —gritó—. ¡Mi mamá y mi papá están intentando matarme! ¿Es que el mundo se ha vuelto LOCO?

—Tranquilo, Einstein —dijo Jorge con calma—. ¡Y ponte algo de ropa!

Jorge y Berto ya se habían hecho una idea de lo que sucedía, así que trataron de explicarles la situación a Gustavo y al señor Carrasquilla.

—Vamos a ver —dijo Berto—, cuando los dos se combinaron juntos con el Combinotrón 2000, pusimos las pilas al revés y los separamos. Pero por alguna extraña razón, los cerebros se separaron de forma equivocada. Ahora el cerebro del señor Carrasquilla está en el cuerpo de Gustavo, y el cerebro de Gustavo está en el cuerpo del señor Carrasquilla.

—¡Eso es un gran DISPARATE! —chilló Gustavo.

—Echen un vistazo ustedes mismos —dijo Jorge, y colocó un espejo de cuerpo entero ante Gustavo y el señor Carrasquilla.

Los dos se contemplaron en él, atónitos.

—Soy... Soy otra vez un niño —dijo el individuo con pinta de Gustavo, pero con el cerebro del señor Carrasquilla.

—Y yo soy viejo, calvo, gordo y feo —exclamó el individuo con pinta de señor Carrasquilla, pero con el cerebro de Gustavo—. Y tengo mal aliento y me salen pelos de la nariz y...

—¡OYE! —chilló el individuo con pinta de Gustavo, pero con el cerebro del señor Carrasquilla.

Llegados a este punto, seguro que ustedes estarán pensando: "Pues sí que se está volviendo confuso este libro". No se preocupen. Todo quedará aclarado al final del capítulo 17. Pero de momento, será mejor que les demos nuevos nombres a los dos personajes que tienen sus cerebros en cuerpos equivocados, ¿no les parece? Llamaremos al individuo con pinta de señor Carrasquilla (pero con el cerebro de Gustavo) "señor Lumbrerilla". Y al individuo con pinta de Gustavo Lumbreras (pero con el cerebro del señor Carrasquilla) "Kid Carrasqueras".

En caso de confusión, consulten la placa de rayos X que se ofrece aquí debajo:

CEREBRO DE GUSTAVO

CEREBRO DEL SR. CARRASQUILLA

SR. LUMBRERILLA

KID CARRASQUERAS

CAPÍTULO 4

LAS COSAS SE PONEN PEOR

Kid Carrasqueras se encaramó en su silla y exigió saber qué iba a hacerse para resolver semejante barullo.

—Yo podría resolver el problema ahora mismo si aún tuviera mi Combinotrón 2000 —dijo el señor Lumbrerilla abrumado—, pero lo destrozaron en el libro anterior.

—¡Pues ya estás empezando a construir otro, jovenzuelo! —le gritó Kid Carrasqueras.

—Está bien —gimió el señor Lumbrerilla—, pero me llevará unos seis meses.

—¿¡¡¿SEIS MESES?!!? —chilló Kid Carrasqueras—. ¡No puedo andar por ahí seis meses con esta pinta! ¡Tengo una escuela que dirigir, inútil!

—Lo siento —lloriqueó el señor Lumbrerilla—, pero construir un combinador celular es extraordinariamente difícil. Lleva su tiempo. No es tan fácil como hacer un robot o una máquina del tiempo o una Cibercopiadora Hipo-Atomizarandeante Transglobulímica Infravioleta-macroplastosa.

—¡Esperen un momento! —interrumpió Jorge—. ¿Es verdad eso de que construir una máquina del tiempo es *fácil?*

—Pues sí —dijo el señor Lumbrerilla—. Se puede hacer en uno o dos días. ¿Por qué?

—Entonces ¿por qué no haces una máquina del tiempo? —preguntó Jorge—. Así podrías retroceder en el tiempo hasta antes de que destruyeran el Combinotrón 2000, apoderarte de él y traerlo al presente.

El señor Lumbrerilla lo pensó por un momento y sus ojos brillaron.

—¡Ya lo tengo! —dijo chascando los dedos—. Construiré una máquina del tiempo, retrocederé en el tiempo hasta antes de que

destruyeran el Combinotrón 2000,
me apoderaré de él y lo traeré a... ¡Oigan!
¿¿Qué diablos está haciendo ese??

Todos se volvieron y miraron a Kid
Carrasqueras, que acababa de quedarse en
ropa interior y estaba anudándose una
cortina al cuello.

—¡AY, MADRE! —gritó Jorge—.
¡¡¡TRAIGAN UN POCO DE AGUA!!!
¡¡¡TRAIGAN UN POCO DE AGUA!!!

Berto corrió al surtidor de agua potable,
pero ya era tarde. Kid Carrasqueras soltó
un triunfante "¡Tatata-Cháááán!", giró en
redondo y salió volando por la ventana.

CAPÍTULO 5

LAS COSAS SE PONEN AÚN PEOR

—¿Vi...vieron eso, chicos? —exclamó el
señor Lumbrerilla—. ¡Acabo de... quiero
decir que Kid Carrasqueras acaba de salir
volando por la ventana! ¡PUEDE VOLAR!

—Ya, ya. Ya lo sabemos —suspiró Jorge.

—¡Pero eso es... es impresionante!
—gritó el señor Lumbrerilla—. Se debe creer
que es el Capitán Calzoncillos o algo así. O...
a lo mejor... ¿No será que nuestro director
ES de verdad el Capitán Calzoncillos?

—¡Si será lelo! —dijo Berto.

—Lo raro es que el señor Carrasquilla no se parece en nada al Capitán Calzoncillos —dijo nerviosísimo el señor Lumbrerilla—. ¡El Capitán Calzoncillos es calvo! ¡Y el señor Carrasquilla suele tener pelo! ¡Ah! ¡Ya sé! ¡A lo mejor el señor Carrasquilla usa peluquín!

—Creía que estabas en el programa especial para superdotados —dijo Jorge.

—¿Cómo es que puede volar? ¿De dónde sacó esos superpoderes? —preguntó.

—Es una larga historia —dijo Berto.

El señor Lumbrerilla se tranquilizó un poco y se sentó en el sillón del director.

—¿Por qué no me lo cuentan todo? —dijo—. ¡Tengo todo el tiempo del mundo!

CAPÍTULO 6

LAS COSAS NO PUEDEN PONERSE PEOR

Jorge y Berto no tuvieron más remedio que dejar las cosas claras. Le contaron al señor Lumbrerilla toda la historia del Capitán Calzoncillos: cómo habían hipnotizado al señor Carrasquilla, como bebió el Jugo con Superpoderes de los extraterrestres y cómo sus superpoderes debían de haberse transferido de algún modo al cuerpo de Gustavo junto con el cerebro del señor Carrasquilla.

Mientras Jorge y Berto hablaban, la sonrisa del señor Lumbrerilla se fue haciendo más y más amplia y más y más malvada.

—¿A qué viene esa sonrisa? —dijo Jorge—. ¡Esto es SERIO!

—Eso —dijo Berto—. ¡Estaremos todos en un buen lío si no conseguimos que las cosas sean normales otra vez!

—Un momento —dijo el señor Lumbrerilla—. *USTEDES* estarán en un buen lío. Yo, Gustavo Lumbreras, volveré a mi antiguo cuerpo, pero me quedaré con los superpoderes PARA MÍ. ¡Me convertiré en el primer niño del mundo con superpoderes!

—No harás semejante cosa... —dijo Berto.

—*Haré lo que me dé la gana* —dijo el señor Lumbrerilla—. Ahora soy yo el que manda. Soy idéntico al director y yo seré quien dé las órdenes y más vale que ustedes las cumplan o de lo contrario...

—¿Qué? —preguntó Jorge.

—¡De lo contrario —rugió el señor Lumbrerilla— ordenaré a sus profesores que los manden hacer doce horas diarias de tareas cada noche durante los próximos ocho años!

Eso hizo enmudecer a Jorge y Berto.

La primera orden del señor Lumbrerilla fue que Jorge y Berto hicieran una tira cómica sobre Gustavo Lumbreras, el primer niño del mundo con superpoderes.

—Y quiero un nombre que sea espectacular —dijo el señor Lumbrerilla—, como *Gustavomán* o *Spidergús*...

—¿¿¿SPIDERGÚS??? —exclamaron Jorge y Berto estupefactos.

—Y en la tira cómica van a hacer que yo derrote al Capitán Calzoncillos y me convierta en el mayor superhéroe del mundo. ¡Y mucho ojo, no me hagan parecer un lelo sabelotodo! —vociferó el señor Lumbrerilla.

—Es que ahora mismo no podemos hacer una tira cómica —dijo Berto—. Tenemos que ir tras el Capitán Carrasqueras... quiero decir... Kid Calzoncillos.

—Pueden ir tras él todo lo que quieran —dijo el señor Lumbrerilla—, *DESPUÉS* de terminar esta tira cómica. ¡Así que manos a la obra! Que yo tengo que construir una máquina del tiempo.

CAPÍTULO 7
EL INODORO MORADO

El señor Lumbrerilla salió a la calle y compró todo lo que necesitaba para construir su máquina del tiempo. Lo que ahora le hacía falta era un sitio para construirla. Quería un espacio tranquilo y solitario. Un lugar vacío para él solo. Un cuarto que nadie usara NUNCA.

—¡Ya sé! —exclamó—. ¡La biblioteca de la escuela!

La biblioteca de la Escuela Primaria

Jerónimo Chumillas había sido tiempo atrás un lugar espléndido en el que florecían la sabiduría y el conocimiento, pero hacía ya algunos años que la señorita Cantamañanas, la bibliotecaria, se había dedicado a prohibir la mayor parte de los libros. Ahora lo único que quedaba en la biblioteca eran hileras de estantes vacíos y carteles que advertían de los peligros subversivos de la lectura. Era el lugar perfecto para tramar un plan malvado.

El señor Lumbrerilla entró con su carrito en la polvorienta y telarañosa habitación y encendió las luces.

—Buenos días, señor —dijo la señorita Cantamañanas—. ¿Ha venido a ver el libro?

—¡Nooo! —dijo el señor Lumbrerilla—. Lo que busco es un cajón bien grande, algo así como una cabina telefónica.

—Hay un inodoro portátil de color morado en el sótano —dijo la señorita Cantamañanas.

—Eso me servirá —dijo el señor Lumbrerilla—. Vaya y tráigamelo.

—¡No puedo subir yo sola ese cachivache! —protestó la señorita Cantamañanas.

—Bueno, está bien —dijo el señor Lumbrerilla—. Iré con usted.

La señorita Cantamañanas subió el inodoro y el señor Lumbrerilla supervisó la operación.

—Buen trabajo —dijo el señor Lumbrerilla—. Y ahora, está despedida.

—¿¡¡¿DESPEDIDA?!!? —chilló la señorita Cantamañanas—. ¿Por...?

—Por el resto de su vida —dijo el señor Lumbrerilla.

CAPÍTULO 8

MIENTRAS TANTO, EN EL ESPACIO...

Un equipo de científicos que trabajaban para la Comisión Astronáutica de Chaparrales Asociada Temporalmente a la Internacional de Trabajillos Infragalácticos (CACATITI) navegaba rumbo al planeta Urano en viaje de investigación cuando, de pronto, se encontraron con algo muy extraño.

El comandante "Chuchi" Tomásez y su tripulación acababan de descubrir un curioso amontonamiento de lo que parecían ser robots e inodoros sobre la superficie del planeta.

Los cosmonautas estaban tan ocupados
mirando su pantalla que no se dieron cuenta
de que tres seres pegajosos, viscosos y
mocosos se dirigían a gran velocidad hacia
su trasbordador espacial.

CAPÍTULO 9

CONTROL DE TIERRA A COMANDANTE TOMÁSEZ

De inmediato, una voz muy preocupada sonó en el cosmófono de la nave CACATITI.

—¿Qué pasa ahí arriba, bestezuelas? —preguntó Control de Tierra.

—Es... estamos bien —dijo el comandante Tomásez abriendo la ventanilla para ver mejor—, pero parece que tres Objetos Viscosos No Identificados se han estrellado contra la nave...

—¡Pues se acabó! —dijo Control de Tierra—. Esta misión está resultando demasiado extraña. Quiero que hagan virar la nave en redondo y vuelvan a casa ahora mismo.

—De acuerdo —dijo el comandante Tomásez. Y pisó el freno, dio un volantazo y, en un momento, situó al trasbordador espacial CACATITI en trayectoria de regreso a la Tierra...

con tres regocijados polizones para el largo
viaje de vuelta.

CAPÍTULO 10

EL IMPRESENTABLE
SEÑOR LUMBRERILLA

Al día siguiente, el señor Lumbrerilla estaba dando los últimos toques a su máquina del tiempo cuando oyó unas grandes risotadas en el pasillo.

Abrió la puerta de la biblioteca y vio a un grupo de chicos leyendo entusiasmados la última tira cómica de Jorge y Berto. El señor Lumbrerilla cruzó el pasillo en dos zancadas, les arrancó la tira cómica de las manos y sofocó un grito de horror.

—¿¡¡¿PERO QUÉ...?!!? —aulló al ver la portada de la tira cómica.

Combirtieron el halgodon en ropa interior.
Digan, esto echa luz
Muy pronto...
¡Mira Gustavo, unos saldos de calsoncillos foforexcentes!
Saldos
Bueno. Pues los quiero para mi.
Gustavo tubo sus propios fofocalzones enseguida.
Eres el niño mas de moda del mundo.
Bueno, la verdad sí.
Pero esa noche la ropa radiaztiva lo hizo crecer.
Me gustan las muñecas
Yo ♥ los unicornios
Casa de muñecas
Y crecer...
Me gustan las muñecas
Yo ♥ los unicornios
Y crecer...
Casa de Gustavo
CRAS

El Lelo Sabelotodo agarró un tanke y lo tiró.
BAAHH
Mientras, en una eskuela cercana...
¡Vaya una panda de bagos!
GIN
¡Qué flojos son todos!
CRAS
¡Socorro! ¡¡¡El Lelo acaba de tirar un tanke y ha expachurrado a alguien!!!
¡¡¡SANTO CIELO!!! ¿Quién era?
Direztor
El profe de ginasia.
¡¡¡Menos mal!!! ¡Creí que era alguien importante!
Direztor
Esto parece un trabajo hideal para...
EL CAPITÁN CALZONCILLOS

¡Ajajá! ¡Te tengo!
Mu bien. Haz lo que quieras pero no me remoges en el lago, porfa.
¿Mande?
Puedes matarme pero te suplico que no me remoges en el lago.
¿Ah no?, bueno, pues voy a remogarte en el lago.
¡Santo cielo, no!
¡¡¡Ahora vas a ver!!!
¡Que no!
el lago
¡Ja Ja Ja! Preparate
¡Porfa nooo!
¡Oye! ¿¿¿Pero qué???

CAPÍTULO 12
EL SEÑOR LUMBRERILLA ENTRA EN ACCIÓN

El señor Lumbrerilla estaba furioso. Volvió a toda velocidad a su despacho y conectó el equipo de megafonía de la escuela.

—¡Jorge Betanzos y Berto Henares! —aulló por los altavoces—. ¡Que se presenten al señor Lumbre... quiero decir al señor Carrasquilla en la biblioteca de la escuela AHORA MISMO!

—¿Pero tenemos una biblioteca? —preguntó Jorge.

Después de buscar durante unos veinte minutos, Jorge y Berto encontraron una habitación que nunca habían visto antes. Entraron cautelosamente y pasaron sin hacer ruido ante hileras y más hileras de estantes vacíos hasta que se toparon con el señor Lumbrerilla.

—¡Les dije, jovenzuelos, que me pusieran un nombre fenomenal y que no me hicieran parecer un lelo sabelotodo! —gritó el señor Lumbrerilla estrujando la tira cómica con su mano sudorosa.

—Lástima —dijo Jorge—. Yo entendí que NO a lo del nombre espectacular y SÍ a lo de parecer un lelo sabelotodo.

—Exacto —dijo Berto—. Ha sido un simple malentendido sin malicia.

El señor Lumbrerilla condujo a Jorge y Berto junto al Inodoro Morado.

—¿Recuerdan mi idea de construir una máquina del tiempo? —preguntó.

—En realidad —dijo Jorge—, fue *mi*...

—¡Pues aquí la tienen! —interrumpió el señor Lumbrerilla, triunfante—. ¡Y conozco a dos listillos que van a probarla para mí!

—¿Cómo? —dijo Berto.

—Los voy a enviar a anteayer —dijo el señor Lumbrerilla—. ¡Y no vuelvan hasta que recuperen mi Combinotrón 2000!

—¡Qué bien! —dijo Jorge—. Siempre he querido viajar a través del tiempo.

El señor Lumbrerilla les dio un montón de instrucciones a Jorge y Berto antes de que comenzaran su viaje. Y, a pesar de lo aburridas que eran, a los dos les hubiera venido de perlas escucharlas con atención en vez de dedicarse a cambiar las letras del tablón de anuncios del fondo.

El señor Lumbrerilla habló largo y tendido del funcionamiento de la máquina y de las precauciones propias de un viaje a través del tiempo.

—Deben evitar que los vean durante el viaje —dijo el señor Lumbrerilla—. Si

VISITA HOY SIN FALTA NUESTRO SENSACIONAL SUPERPORTAL ESCOLAR EDUCATIVO

FALSO, COMBINOTRÓN 2000

alguien los ve, láncenle una descarga con mi nuevo invento, el Desmemoritrón 2000.

»Eso borrará todo lo que guarde en su memoria reciente y se olvidará de que los ha visto a ustedes.

El señor Lumbrerilla también había construido un falso Combinotrón 2000 para cambiarlo por el auténtico.

Para terminar, les hizo a Jorge y Berto una advertencia muy importante:

—Hagan lo que hagan, es vital que *no usen* esta máquina del tiempo *durante dos días* seguidos. Necesita enfriarse en días alternos o, de lo contrario, podría generar una gran cavidad, una sima de contraposición dimensional capaz de destruir el planeta entero.

Jorge y Berto se echaron a reír al ver el nuevo mensaje del tablón de anuncios.

—¡OIGAN! —gritó el señor Lumbrerilla—. ¿Han oído *una* sola palabra de lo que he dicho?

—Que sí, claro que sí —dijo Jorge—. Que tenemos que conectar el aparato con el cacharro...

VISITA LUCRATIVA
APRECIA Y HUELE
NUESTROS APESTOSOS
INODOROS

—Y que si nos ve alguien —dijo Berto—, tenemos que enchufarle el Muermotrón ese.

—¡Tranquilo, que lo hemos pescado *todo!* —dijo Jorge.

Jorge y Berto se metieron en el Inodoro Morado y el señor Lumbrerilla cerró la puerta tras ellos. Berto reguló los controles en anteayer y Jorge tiró de la cadena. De pronto, se produjo un formidable destello de luz verde y el Inodoro Morado desapareció.

CAPÍTULO 13
ANTEAYER

Instantes después del gran chispazo verde,
todo volvió a la calma. Berto abrió la puerta
del inodoro y echó una mirada a la oscura
biblioteca. Cautelosamente los dos viajeros
del tiempo se acercaron a la ventana y
miraron al exterior. Allí vieron al señor
Lumbreras, el padre de Gustavo, aplicándole
una descarga del Combinotrón 2000 al Niño
Mocobiónico.

—Eso me suena —dijo Jorge.

—Y a mí —dijo Berto.

En un rincón, Jorge y Berto encontraron

el impermeable y el gorro de la señorita
Cantamañanas e inmediatamente
concibieron un plan. Berto se puso el
impermeable y el gorro y se encaramó
sobre los hombros de Jorge.

—Seguro que este disfraz funciona
—dijo Berto.

—Más nos vale —dijo Jorge—. No
podemos correr el riesgo de que nos
reconozcan.

Jorge y Berto se presentaron enseguida
en la escena de los hechos. El señor

Lumbreras acababa de disparar el Combinotrón 2000 por segunda vez. Había llegado el momento de que los dos chicos entraran en acción.

—Este... disculpe, señor Lumbreras —dijo Berto esforzándose a tope por sonar como un adulto—. Me gustaría hacerle entrega del Premio al *Más Super-brillantísimo Ciencioso de Todo el Mundo Mundial.*

—¿De verdad? —exclamó el señor Lumbreras—. ¡Siempre he soñado con ganar ese premio!

—Pero primero —dijo Berto— quisiera echar un vistazo a ese Combinochisme.

—Muy bien —dijo el señor Lumbreras y,

sonriendo con orgullo, le entregó a Berto el
Combinotrón 2000.

—Hmm... —dijo Berto— tengo que
examinarlo detrás de aquellas matas.

Berto y Jorge fueron dando traspiés
hasta unos arbustos, desabrocharon su
impermeable y cambiaron un Combinotrón
2000 por otro. Luego regresaron, también
dando traspiés, y le dieron al señor
Lumbreras el falso Combinotrón 2000.

—Bien... Todo parece que está en orden
—dijo Berto—, pero antes de entregarle el

premio quisiera una foto suya hecha por nosotros.

—¿Qué es eso de *nosotros?* —preguntó el señor Lumbreras.

—Este... quiero decir una foto hecha por *mí* —dijo nervioso Berto.

Jorge sacó del impermeable la mano con que sujetaba el Desmemoritrón 2000.

—Sonría, por favor —dijo Berto.

El señor Lumbreras miró perplejo la mano de Jorge y Jorge apretó el disparador.

¡FLASH!

Inmediatamente, el señor Lumbreras se olvidó de todo lo que acababa de ocurrir. Aturdido y confuso, caminó a trompicones hacia su esposa y se reunió con ella justo en el momento en que los Ridículos Mocorobots volvían a la vida y destrozaban el falso Combinotrón 2000.

Mientras tanto, Jorge y Berto corrían a toda velocidad a la biblioteca con el auténtico Combinotrón 2000 en su poder.

—¡Ha estado facilorro! —se rió Jorge.

—Desde luego —dijo Berto—. Esta vez seguro que hemos tenido suerte.

Pero cuando llegaron a la biblioteca descubrieron que no habían tenido tanta suerte como creían.

CAPÍTULO 14

LA SEÑORITA CANTAMAÑANAS

—¿Qué carámbanos está pasando aquí? —chilló la señorita Cantamañanas—. ¡Salgo un momento al servicio y al volver veo un *inodoro portátil* en mi biblioteca!

—¡Berto! —dijo Jorge—. ¡Dale un toque con el Desmemochisme, rápido!

—¡Nadie va a dar aquí un toque a nadie con ningún aparato! —gritó la señorita Cantamañanas, y le arrancó de las manos a Berto el Desmemoritrón 2000 y a Jorge le arrancó de las manos el Combinotrón 2000.

—¡Y ahora mismo voy a llevar estos cacharros a la policía! —dijo—. ¡A lo mejor ellos pueden aclarar este lío!

La señorita Cantamañanas bajó a toda
prisa al estacionamiento, se metió en su
auto y se dirigió a la comisaría de policía.

—¡Vaya! —dijo Berto—. ¡Nunca la alcan-
zaremos!

—¡Claro que sí! —dijo Jorge—. ¡Lo único
que necesitamos son unas *alas!*

CAPÍTULO 15

65 MILLONES DE AÑOS ANTES DE ANTEAYER

Jorge y Berto se apoderaron de una caja
de galletas saladas que había en la mesa de
la señorita Cantamañanas, se metieron en
el Inodoro Morado y cerraron la puerta.
Enseguida, Jorge reguló de nuevo los
controles y tiró de la cadena.

Un intenso destello de luz verde
iluminó la habitación y el Inodoro Morado
desapareció.

Jorge y Berto retrocedieron al período Cretáceo de la era Mesozoica, cuando los dinosaurios poblaban la Tierra.

Con cuidado, Jorge y Berto salieron del Inodoro Morado que había quedado precariamente encajado en lo alto de un árbol.

—¡Pollitos, pollitos! —llamó Jorge.

—¿Pollito quiere galletita? —animó Berto, mientras lanzaba al aire un puñado de galletitas.

En un momento, los dos chicos se vieron rodeados por una bandada de pterodáctilos hambrientos.

Al poco rato, un pterodáctilo de aspecto simpático (un Quetzalcoatlus, para ser exactos) descendió y picoteó unas cuantas galletas en la mano de Berto.

—¡Le he gustado! —dijo Berto.

—¡Qué bien! —dijo Jorge—. ¡Llevémoslo a la máquina del tiempo y larguémonos!

Berto rodeó delicadamente con sus brazos al pterodáctilo y lo llevó hasta el Inodoro Morado. Luego, los dos chicos cerraron la puerta tras ellos, regularon otra vez los controles y volvieron a tirar de la cadena.

En menos de lo que canta un pterodáctilo, Jorge y Berto (y su nuevo amigo reptiloide) fueron transportados de nuevo hasta anteayer.

La puerta de la máquina del tiempo se abrió y los tres amigos salieron volando por la ventana de la biblioteca sobre los tejados de la ciudad.

Desde arriba, Jorge escrutaba las calles

hasta que por fin localizó el auto de la
señorita Cantamañanas.

—¡Allí está! —gritó.

—Me encanta nuestro nuevo pterodáctilo
—dijo Berto—. Lo voy a llamar Galletas.

—No le pongas ningún nombre —dijo
Jorge—. No vamos a quedárnoslo. Sólo lo
hemos tomado prestado.

Jorge, Berto y Galletas bajaron en picado

y aterrizaron en el auto de la señorita Cantamañanas, que estaba detenido ante un semáforo.

La señorita Cantamañanas dio un grito de espanto.

—¡Espere! —dijo Jorge—. No tiene por qué asustarse. ¡Sólo está usted *soñando!*

—¿Soñando? —preguntó la señorita Cantamañanas.

—Exacto. Piense por un momento —dijo Berto—. Inodoros portátiles que aparecen de repente... Niños que disparan rayos láser... pajarosaurios que aterrizan en su auto... Esas cosas sólo ocurren en los sueños.

—Cielos, tienes razón —dijo la señorita Cantamañanas—. Pero es que todo parece tan real...

—Confíe en nosotros —dijo Jorge—.
Dentro de unos minutos no recordará nada
de esto.

A los pocos momentos, Jorge, Berto y la
señorita Cantamañanas volaban de vuelta a
la escuela con su buen amigo Galletas. El

Combinotrón 2000 y el Desmemoritrón 2000
volvían a estar a salvo.

Enseguida llegaron a la biblioteca.

—Mientras yo vigilo a la señorita
Cantamañanas —dijo Jorge—, tú lleva a ese
pterodáctilo a donde lo encontramos.

—Ooooh... ¿No podríamos quedárnoslo?
—preguntó Berto.

—No —dijo Jorge, serio—. Pertenece a
su tiempo. ¡Devuélvelo!

—Andaaaa... nooo... —dijo Berto.

Con tristeza, llevó a Galletas en brazos hasta el Inodoro Morado y cerró la puerta. A los pocos segundos, la máquina del tiempo desapareció en un destello de luz verde.

Media hora más tarde, otro destello de luz verde iluminó la habitación y el Inodoro Morado reapareció.

—¿Por qué tardaste tanto? —preguntó Jorge.

—Hmmm... Por nada —dijo Berto.

—¿Tuviste algún problema para devolver a Galletas a su casa? —preguntó Jorge.

—Pueees... Ninguno en realidad —dijo Berto.

—¿Lo has devuelto *realmente* a su casa, verdad? —preguntó Jorge.

—Hmmmmm... Sí, claro —dijo Berto, pero no sonó seguro del todo.

Jorge se apresuró a aplicarle a la señorita Cantamañanas una descarga del Desmemoritrón 2000 y saltó al interior del Inodoro Morado. A continuación, se produjo un destello fugaz de luz verde y los dos chicos y su máquina del tiempo desaparecieron.

CAPÍTULO 16

REGRESO AL PRESENTE

Al señor Lumbrerilla le encantó ver que su Inodoro Morado había regresado... y le encantó aún más recuperar su adorado Combinotrón 2000.

—Ahora lo único que necesito —dijo con una sonrisa burlona— es encontrar al Capitán Calzoncillos.

Por suerte, el Capitán Calzoncillos (a quien seguramente recordarán con aspecto de Gustavo Lumbreras) no estaba demasiado lejos de allí. Pero *por desgracia*, había pasado los dos últimos días metiéndose en líos.

Primero, había molestado a unas ancianitas. Las estaba ayudando a cruzar la calle cuando oyó a una niña que lloraba porque su gato se había quedado atrapado en un árbol.

El Capitán Calzoncillos rescató al gatito pero se olvidó de las ancianitas.

—¡Oye! —gritó una de las ancianitas—. ¡Ese niño volador nos ha dejado en lo alto de este árbol!

—¡Voy a darle su merecido a ese mocoso aunque sea lo último que haga! —dijo la otra ancianita.

Luego, el Capitán Calzoncillos se encontró con un Objeto Volador No Identificado cuando volaba sobre el campo de fútbol americano. Era de cuero marrón y tenía unos cordones blancos a un lado.

—Mmmm —dijo el Capitán Calzoncillos—. ¡Eso es un OVNI peligroso!

Así que lo agarró y bajó volando hasta el campo de deportes donde, cosa rara, el equipo de la escuela estaba jugando un magnífico partido.

—¡No quiero que nadie se asuste! —dijo el Capitán Calzoncillos—, pero acabo de capturar este OVNI. Voy a llevármelo a la luna, donde podrá ser destruido sin peligro.

Repentinamente, los jugadores del equipo visitante se abalanzaron sobre el Capitán Calzoncillos y lo detuvieron, con lo que el equipo de casa perdió el partido.

—¡Ese chico nos ha hecho perder nuestro mejor partido de la temporada! —gritó el señor Magrazas.

—¡Voy a darle su merecido a ese mocoso aunque sea lo último que haga! —rugió el capitán del equipo de la escuela.

Por último, el Capitán Calzoncillos cometió el error de meterse con un grupo de entusiastas de la patineta que encontró en el parque. Les indicó cortésmente las señales de Prohibido Andar en Patineta, pero los patinetadores no quisieron marcharse. De modo que el Capitán Calzoncillos no tuvo otro remedio que partirles las patinetas con sus patadas especiales tipo kung-fu.

¡Y luego les dio a todos unos buenos azotes!

—¡Pero mira este! —chilló uno de los patinetadores—. ¡Ese lelo nos ha desbaratado las patinetas!

—¡Será bobo! —dijo otro patinetador—. ¡A ese bobo lo voy a desbobar aunque sea lo último que desbobe!

CAPÍTULO 17
EL GRAN CAMBIAZO

El señor Lumbrerilla ordenó a Jorge y Berto que se asomaran a la ventana y llamaran al Capitán Calzoncillos. El Guerrero Superelástico no tardó en presentarse.

El señor Lumbrerilla recibió amablemente al héroe de la capa y le pidió que posara para una foto.

—Muy bien, encantado —dijo el Capitán Calzoncillos.

—Estupendo —dijo el señor Lumbrerilla—. Póngase esta ropa y colóquese aquí a mi lado.

Al Capitán Calzoncillos no le gustaba la idea de ponerse ropa alguna, pero accedió.

El señor Lumbrerilla, que había trabajado toda la tarde reprogramando el Combinotrón 2000, puso la máquina en marcha y fue corriendo a colocarse junto al Capitán Calzoncillos. Enseguida, dos intensos rayos láser empezaron a codificar el ADN de los dos sujetos que la máquina estaba a punto de combinar.

De pronto, el Combinotrón 2000 disparó
un chorro de brillante luz gris que formó una
bola de energía entre el Capitán Calzoncillos
y el señor Lumbrerilla. Uno y otro empezaron
a deslizarse hacia la luz gris hasta formar un
enorme y viscoso bulto de sustancia carnosa.

A continuación, el recién reprogramado
Combinotrón 2000 cambió sus polaridades
y empezó a separar los dos elementos
humanos. La bola gris se convirtió en una
masa de delicado color rosa.

Y, de golpe y porrazo, con un destello de luz cegadora y una breve nubecilla de humo, la operación terminó. Todo el mundo tenía ahora el cerebro que le correspondía.

—Qué cámara fotográfica tan rara —dijo el Capitán Calzoncillos (que ahora era exacto al Capitán Calzoncillos)—. ¿Puedo quitarme ya esta ropa? No es buena para mi imagen.

—Adelante —dijo Gustavo Lumbreras (que ahora era exacto a Gustavo Lumbreras).

Por fin parecía que todo había vuelto a la normalidad. Pero como todos sabemos, las apariencias engañan...

CAPÍTULO 18

LOS RIDÍCULOS MOCOROBOTS ATACAN DE NUEVO

En aquel preciso momento, el trasbordador espacial CACATITI aterrizaba en el Aeropuerto Internacional de Chaparrales. No fue un aterrizaje suave precisamente, ya que los tres mocazos robóticos acababan de comerse la mayor parte de la cola y de los cohetes propulsores de la nave.

El comandante Tomásez y su tripulación habían escapado con vida de milagro.

Desde la biblioteca de la escuela, el Capitán Calzoncillos pudo oír los gritos de pánico de los cosmonautas en el aeropuerto.

—¡Eso parece un trabajo para mí! —exclamó y, lanzando un poderoso "¡Tatata-cháááán!", salió volando por la ventana...

y cayó al suelo desde una altura de tres pisos.

Jorge y Berto dieron un grito y salieron a la calle.

—¡Capitán Calzoncillos! —gritó Jorge—. ¿Se encuentra bien?

—¡Háblenos! —gritó Berto.

El Capitán Calzoncillos, aturdido, levantó despacio la cabeza.

—Mamá... —dijo débilmente—. Mi tren está nadando dentro del piano.

Mientras tanto, en el Aeropuerto Internacional de Chaparrales, Carolo, Barbi y Frankenmoken habían acabado de comerse el trasbordador espacial y ahora la habían

emprendido a mordiscos contra la torre
de control. Los tres moqueantes glotones se
hacían más y más grandes con cada nuevo
bocado.

—Vamos, Capitán Calzoncillos —dijo
Jorge—. ¡Tiene que salvar a esa gente!

—Es que se me ha olvidado volar —dijo abrumado el Capitán Calzoncillos.

—No se le ha olvidado —se rió Gustavo Lumbreras, flotando en el aire sobre sus cabezas—. Es que ha PERDIDO usted sus superpoderes. Pero no se preocupe; han sido transferidos íntegramente a *MI* cuerpo. ¡Ahora el mayor superhéroe del mundo *soy yo!*

—¡Gustavo! —gritó Jorge—. ¡Los

Mocorobots han vuelto a la Tierra! ¡Están atacando a la gente en el aeropuerto! ¡Tienes que ayudarlos!

—¡No pienso mover un dedo hasta que no cambien esa tira cómica! —dijo Gustavo—. ¡Y esta vez será mejor que me saquen como toda una estrella!

—¡Pero es que no hay tiempo! —gritó Berto—. ¡Esa gente necesita ayuda YA!

—¡Muy bien, pues más vale que te pongas a dibujar, pintamonos! —dijo Gustavo.

CAPÍTULO 19

JAMÁS DESPRECIEN EL PODER DE LA ROPA INTERIOR

Jorge y Berto le rogaron a Gustavo que usara sus superpoderes para controlar la situación, pero Gustavo siguió negándose. Por fin, intervino el Capitán Calzoncillos.

—Puede que te hayas quedado con mis superpoderes —dijo el Guerrero Superelástico—, pero todavía me queda el poder de la ropa interior. ¡Y ese nadie puede quitármelo!

El Capitán Calzoncillos dio media vuelta
y salió corriendo hacia el aeropuerto.

—¡Gustavo! —gritó Jorge—. ¡Esos
mocazos van a *matar* al señor Carrasquilla!

—No será por culpa *mía* —dijo
Gustavo—. Ustedes escribieron esa tira
cómica estúpida. ¡Así que, o la cambian
ahora mismo o...!

Jorge y Berto se miraron. La elección era
sencilla: o luchar (y seguramente morir)
junto al Capitán Calzoncillos o ceder al
chantaje y vivir.

Los dos chicos dieron media vuelta y co-
rrieron hacia el aeropuerto.

CAPÍTULO 20

DESAYUNO
INTERRUMPIDO

Jorge y Berto alcanzaron al Capitán
Calzoncillos. Poco después, los tres contem-
plaban la hecatombe que estaban produciendo
los Ridículos Mocorobots
en el aeropuerto.

El Capitán Calzoncillos emitió un
estentóreo "¡Tatata-Chááán!" desde el suelo.
Los tres Mocorobots se volvieron de golpe
hacia la voz, que les era familiar, y sus ojos
dirigidos por láser se clavaron en los tres
héroes que les habían complicado la vida
tan dramáticamente en el capítulo 1.
Inmediatamente, los Mocorobots se lanzaron
sobre Jorge, Berto y el Capitán Calzoncillos...
¡y empezó de nuevo la persecución!

CAPÍTULO 21

ACORRALADOS

Los Mocorobots persiguieron a Jorge, a
Berto y al Capitán Calzoncillos hasta que
acorralaron a los tres aterrados amigos junto
a un centro comercial cercano.

En un intento desesperado por escapar,
los tres valerosos héroes empezaron a

agarrar cosas de los cajones de saldos que había en la acera y a lanzárselas a las rugientes bestias.

Jorge se apoderó de un par de zapatos deportivos semidesnatados y se los tiró a Barbi. Barbi se los tragó.

Berto pescó un tubo de pomada antihemorroidal con sabor a cerezas silvestres y se lo lanzó a Frankenmoken.

Frankenmoken se lo zampó.

DE TODO

ENOS

DE LAVADORAS

LO QUE NO SUAVIZA NADA

REBAJAS

El Capitán Calzoncillos agarró una naranja transgénica con sabor a naranja orgánica y se la arrojó a Carolo. Carolo la masticó y la engulló con una sonrisa de superioridad.

De pronto, los ojos de Carolo se dilataron. Su sonrisa se transformó en un grito de pánico, al tiempo que el moco viscoso y húmedo que cubría su cuerpo empezaba a secarse y desmoronarse. De su endoesqueleto humeante saltaban fragmentos de mucosidad dura y crujiente.

—¿Qué está pasando? —gritó Berto.

—¡Son las *naranjas!* —gritó Jorge—. ¡La vitamina C de esas naranjas está combatiendo el catarro y el resfriado que han hecho malignos a esos mocos!

Carolo daba espasmódicas sacudidas a
medida que su cuerpo se agrietaba y caía
en pedazos al suelo. Por último, las luces de
sus ojos de láser se apagaron lentamente.
Dio un traspiés y se derrumbó sobre el
estacionamiento. Estaba muerto.

CAPÍTULO 22

VITAMINA C

Jorge, Berto y el Capitán Calzoncillos empezaron inmediatamente a tirarles naranjas a Barbi y a Frankenmoken. Pero los dos Mocorobots supervivientes se habían dado cuenta del poder de la vitamina C. Se agachaban, saltaban, esquivaban y hacían toda clase de malabarismos con tal de evitar el impacto de las mortíferas naranjas.

—¡Oye, tengo una idea! —dijo el Capitán Calzoncillos, y agarró dos cajas de naranjas y salió corriendo, mientras Jorge y Berto seguían lanzando fruta encarnizadamente.

—¿Adónde va? —dijo Jorge.

—No lo sé —dijo Berto—, pero más vale que su idea funcione. ¡Se nos están acabando las naranjas!

A Jorge y Berto sólo les quedaban dos naranjas. Las lanzaron con todas sus fuerzas, pero por desgracia, los potentes proyectiles no dieron en sus aterradores blancos.

Barbi y Frankenmoken se apoderaron de Jorge y Berto y los balancearon sobre sus fauces gigantescas.

—Bueno —dijo Jorge—, esto parece el final.

—Pues sí —dijo Berto—. Encantado de haberte conocido, colega.

De repente, los Mocorobots oyeron un familiar "¡Tatata-Cháááán!" desde algún punto de la página siguiente.

Los repugnantes Mocorobots soltaron a Jorge y Berto y se dirigieron a grandes zancadas a la página 130. En ella encontraron al Capitán Calzoncillos encaramado en lo alto de un anuncio sobre el tejado de El Edén de los Inodoros. Gritaba "¡Tatata-Cháááán!" y estaba entregado a un ridículo baileteo que enfureció terriblemente a los Mocorobots.

EL EDÉN DE LOS INODOROS

¡Se caerá usted de... espaldas!

CAPÍTULO 23

LOS BAILES DE CALZÓN (EN FLIPORAMA™)

Seguro que alguna vez han bailado el Twist y saben cómo es el Rock y dominan perfectamente la Macarena...

Ha llegado el momento de que aprendan los bailes más irritantes de la Historia: los *Bailes de Calzón*.

Garantizamos la irritación de padres, maestros, criminales sin escrúpulos y niños de todas las edades.

¡¡¡Bastará que se fijen en los fáciles modelos del capítulo que sigue y hoy mismo aprenderán los Bailes de Calzón!!!

Presentamos el FLIPO
Gracias a la magia del Fliporama, los Bailes de Calzón puede aprenderlos cualquiera. En primer lugar, asegúrense de que llevan puestos los calzoncillos. Y luego fíjense en los cuatro fáciles modelos que aparecen ilustrados en las próximas dieciséis páginas.
¡Con un poco de práctica, pronto serán los individuos más irritantes que han conocido jamás! ¡Suerte!

DRAMA

¡ASÍ ES CÓMO FUNCIONA!

PASO 1

Colocar la mano *izquierda* dentro de las líneas de puntos donde dice "AQUÍ MANO IZQUIERDA". Sujetar el libro *abierto del todo*.

PASO 2

Sujetar la página de la *derecha* entre el pulgar y el índice derechos (dentro de las líneas que dicen "AQUÍ PULGAR DERECHO").

PASO 3

Ahora agitar *rápidamente* la página de la derecha de un lado a otro hasta que parezca que la imagen está *animada*.

FLIPORAMA 1

(páginas 135 y 137)

Acuérdense de agitar *sólo* la página 135.
Mientras lo hacen, asegúrense de que
pueden ver la ilustración de la página 135
y la de la página 137.
Si lo hacen deprisa, las dos
imágenes empezarán a parecer
una sola imagen *animada*.

¡Para más diversión, pueden tararear
una canción tontorrona y agitar la página
siguiendo el compás!

AQUÍ MANO IZQUIERDA

BAILE Nº 1:
¡ES GENIAL EL CALZESTÓN
SI SE BAILA
CON SATISFACCIÓN!

135

AQUÍ
PULGAR
DERECHO

BAILE Nº 1:
¡ES GENIAL EL CALZESTÓN
SI SE BAILA
CON SATISFACCIÓN!

FLIPORAMA 2

(páginas 139 y 141)

Acuérdense de agitar *sólo* la página 139.
Mientras lo hacen, asegúrense de que
pueden ver la ilustración de la página 139
y la de la página 141.
Si lo hacen deprisa, las dos imágenes
empezarán a parecer
una sola imagen *animada*.

¡Para más diversión, pueden tararear una
canción tontorrona y agitar la página
siguiendo el compás!

AQUÍ MANO IZQUIERDA

BAILE Nº 2:
¡MUCHO MEJOR QUE
UN FANDANGO ES BAILAR
UN CAPITANGO!

AQUÍ
PULGAR
DERECHO

BAILE Nº 2:
¡MUCHO MEJOR QUE
UN FANDANGO ES BAILAR
UN CAPITANGO!

FLIPORAMA 3

(páginas 143 y 145)

Acuérdense de agitar *sólo* la página 143.
Mientras lo hacen, asegúrense de que
pueden ver la ilustración de la página 143
y la de la página 145.
Si lo hacen deprisa, las dos imágenes
empezarán a parecer
una sola imagen *animada*.

¡Para más diversión, pueden tararear una
canción tontorrona y agitar la página
siguiendo el compás!

AQUÍ MANO IZQUIERDA

BAILE Nº 3:
¡MIREN QUÉ LINDO
Y QUÉ RICO ES
EL ELÁSTICO-TICO!

AQUÍ
PULGAR
DERECHO

BAILE Nº 3:
¡MIREN QUÉ LINDO
Y QUÉ RICO ES
EL ELÁSTICO-TICO!

FLIPORAMA 4

(páginas 147 y 149)

Acuérdense de agitar *sólo* la página 147.
Mientras lo hacen, asegúrense de que
pueden ver la ilustración de la página 147
y la de la página 149.
Si lo hacen deprisa, las dos imágenes
empezarán a parecer
una sola imagen *animada*.

¡Para más diversión, pueden tararear una
canción tontorrona y agitar la página
siguiendo el compás!

AQUÍ MANO IZQUIERDA

BAILE N° 4:
¡TIENE UNA MARCHA TERRIBLE LA LAMBADA INENCOGIBLE!

AQUÍ
PULGAR
DERECHO

BAILE Nº 4:
¡TIENE UNA MARCHA TERRIBLE LA LAMBADA INENCOGIBLE!

CAPÍTULO 24

ESTRUJILLOS, 2ª PARTE

Barbi y Frankenmoken ya habían visto bastante. No podían soportar el estúpido bailoteo del Capitán Calzoncillos ni un minuto más, de modo que bajaron el asiento del gran inodoro-muestra para encaramarse al tejado ellos también.

Desgraciadamente para Barbi y Frankenmoken, ambos se habían irritado

tanto con los Bailes de Calzón que no se
habían fijado en los cartones de jugo de
naranja cuidadosamente colocados debajo
del asiento del inodoro. Cuando lo bajaron
con fuerza, la presión del asiento aplastó los
cartones, que reventaron y rociaron sus
enormes corpachones moqueantes y perver-
sos de delicioso y vitamínico jugo de naranja.

Jorge, Berto y el Capitán Calzoncillos
contemplaron cómo sus monstruosos
archienemigos se descomponían ante sus
propios ojos.

—¿Qué les ha pasado? —preguntó Berto.

—Les he aplicado un *Estrujillo* —dijo el
Capitán Calzoncillos—.
Está muy de moda.

Los Mocorobots se retorcieron enloqueci-
dos mientras la mucosidad, al secarse, se
desprendía de sus humeantes endoesqueletos
robóticos. Al fin, después de unos minutos
de contorsiones y bramidos, se derrumbaron
lentamente formando dos pilas de metal
retorcido.

Barbi y Frankenmoken estaban muertos.

CAPÍTULO 25

"SUPERGUSTAVO"

A los pocos momentos, Tecla Gabilóndez, del programa del Canal 4 Tonticias en el Acto, se presentó en el lugar de los hechos.

—¿Cómo han conseguido destruir a los Mocorobots? —preguntó.

—Yo le contestaré eso —dijo Gustavo Lumbreras colocándose frente a las cámaras. Estaba envuelto en unas viejas cortinas que se había anudado al cuello y tenía un aspecto lamentable.

—¡Yo, *Supergustavo,* con mis super-poderes, he luchado contra esos monstruos! —mintió Gustavo—. ¡Y los he destruido con la inteligencia de mi supercerebro!

—Mentira —dijo Berto.

—¡Pero si no estabas aquí! —dijo Jorge.

—No escuche a esos tipos —dijo Gustavo—. Yo, *Supergustavo,* soy el auténtico héroe de esta historia.

Gustavo voló sobre los dos Mocorobots derrotados y, con los rayos láser de sus ojos, grabó en el suelo las letras *S* y *G*.

—Al igual que el Zorro —dijo Supergustavo—, pienso firmar con mis iniciales todas mis obras heroicas. ¡Cuando vean las letras S y G, se acordarán de mí!

—Será por lo Simpático y lo Guapo que eres —dijo Jorge, en voz baja.

Supergustavo voló hacia el Capitán Calzoncillos y lo agarró del brazo.

—¡Y ahora —dijo Supergustavo—, el mundo entero podrá presenciar la humillante derrota del Capitán Calzoncillos!

De repente a Jorge y Berto se les ocurrió una idea y salieron corriendo hacia la escuela mientras Supergustavo seguía amenazando al Capitán Calzoncillos.

—¡Te ordeno que te inclines ante mí! —aulló Supergustavo.

—¡Nunca! —dijo el Capitán Calzoncillos.

—¡HAZLO! —chilló Supergustavo.

—¡NO LO HARÉ! —gritó el Capitán Calzoncillos.

—¡Entonces —dijo Supergustavo, desanudando las cortinas que pendían de su cuello—, caerá sobre ti el peso de mi cólera!

CAPÍTULO 26
DE PODER A PODER

Supergustavo estiró sus cortinas al máximo y las soltó con fuerza contra el trasero del Capitán Calzoncillos.

—¡Te ordeno que reniegues de la ropa interior y te sometas al poder de Supergustavo! —gritó Gustavo.

—¡De eso nada, monada! —gritó el Capitán Calzoncillos.

Y Supergustavo le dio otro cortinazo.

—¡Inclínate ante mí —ordenó
Supergustavo— y te perdonaré la vida!

—¿Ah, sí? ¿Y qué más? —dijo el Capitán
Calzoncillos, desafiante.

De pronto, Jorge y Berto volvieron a aparecer, jadeantes y ocultando algo a sus espaldas.

—¡Oye, Supergustavo! —gritó Jorge casi sin resuello.

—¿Qué? —aulló Supergustavo.

Berto descubrió el Combinotrón 2000 que escondía y lo apuntó hacia Gustavo y el Capitán Calzoncillos.

—¡No deberías dejar tus juguetes por ahí, abandonados en la biblioteca, bobo!

Gustavo dio un chillido de espanto cuando Berto apretó el disparador.

¡CHASSSSS!

El Combinotrón 2000 disparó un chorro de brillante luz gris que rodeó a Gustavo y al Capitán Calzoncillos y los apretujó uno con otro.

Jorge había reprogramado los controles para combinar a los dos personajes, transferir de nuevo los superpoderes al Capitán Calzoncillos y luego separarlos.

—Espero que esto funcione —dijo Berto.

—Yo también —dijo Jorge.

CAPÍTULO 27

EN RESUMIDAS CUENTAS

Funcionó.

CLONC

CAPÍTULO 28

EL PRIVILEGIO DE USAR CALZONCILLOS DE TALLA GRANDE

Supergustavo cayó al suelo con un ruido sordo e, inmediatamente, el Capitán Calzoncillos empezó a flotar en el aire.

—¡Oye! —exclamó nuestro buen Capitán—. ¡He recuperado mis super- poderes! ¡Ya sabía yo que la ropa interior no me iba a fallar!

Mientras tanto, Jorge apuntó al equipo de Tonticias en el Acto con el Desmemoritrón 2000 y disparó.

¡FLASH!

En ese mismo instante, los miembros del equipo de Tonticias en el Acto (lo mismo que los telespectadores que estaban viendo el Canal 4 en sus casas) se olvidaron completamente de lo que acababa de ocurrir.

El horror había pasado, todo había vuelto a la normalidad y todos se sentían felices.

Bueno... todos menos Supergustavo, claro.

—¡Buááááááá! —berreaba Gustavo—.
¡Quiero que me devuelvan mis superpoderes!
—¡Vamos, deja ya de gimotear, niño! —le
dijo Jorge—. ¡Llevas dos libros enteros
hecho un perfecto inútil! ¡Tendrías que estar
encantado de no haber recibido tu merecido!

CAPÍTULO 29

EN FUROR DE MULTITUD

Muy pronto, se formó un grupo de gente y algunos empezaron a reconocer a Gustavo.

—¡Oye! —gritó la señorita Carníbal Antipárrez—. ¡Ese es el mequetrefe que dijo que me iba a dar una buena azotaina si no le traía su café!

—¡Ahí está! —gritaron dos ancianitas muy enojadas—. ¡Ese es el mocoso que nos dejó colgadas de un árbol!

—¡Nos hizo perder nuestro partido más importante! —gritó a coro el equipo entero de fútbol americano.

—¡Oigan, locos! —chilló uno de los patinetadores—. ¡Ese es el bobo que nos bobeó nuestras bobopatinetas hace un par de días!

—Je, je —se rió Gustavo, nervioso—. Quizás sea mejor que me vaya a casa...

—¡Atrápenlo! —aullaron las ancianitas.

—¡AAAAYYYYY! —chilló Gustavo, y echó a correr seguido de cerca por una multitud enfurecida.

CAPÍTULO 30

LA SORPRESA DE BERTO

Mientras Gustavo y su multitud enfurecida se perdían en el horizonte, a Jorge y Berto les quedaba un último asunto por resolver.

Una rápida rociada de agua a la cara del Capitán Calzoncillos fue todo lo que hizo falta para que recuperara su carrasquillosa identidad de siempre.

—Asunto liquidado —dijo Jorge, y los dos volvieron caminando a su casa del árbol.

De repente, cuando Jorge empezó a trepar por la escalera, Berto se puso muy nervioso.

—Esteeee... —dijo Berto nervioso— Jorge, creo que hay algo que seguramente debería decirte...

Pero cuando Jorge llegó a lo alto de la escalera y echó una mirada al interior de la casa, ya no hicieron falta explicaciones.

—¡Oye! —dijo Jorge—. Creí entender que te habías llevado a Galletas a su casa.

—Sí —dijo Berto—. A su *nueva* casa.

—Berto —dijo Jorge, muy serio—, no podemos tener un pterodáctilo de mascota. ¿Sabes cuántas galletas comen al día? Nunca nos lo podríamos permitir.

—Ya lo sé... —dijo Berto con tristeza—. Pero mira lo simpático que es. Y además, se ha hecho amigo de Chuli. ¿No podemos quedárnoslo sólo una noche?

—Bueno, está bien —dijo Jorge—, pero mañana mismo lo devolvemos.

CAPÍTULO 31
MAÑANA MISMO

Al día siguiente, Jorge, Berto y Chuli
volvieron a la escuela con Galletas cómoda-
mente instalado en la mochila de Berto. Los
cuatro amigos subieron sin ser vistos hasta
la biblioteca, donde estaba el Inodoro
Morado en todo su lúgubre esplendor.

—Bueno —dijo Jorge—, vamos a darle
otra sesión a este pequeñajo.

—No sé —dijo Berto—. Quizás debe-
ríamos dejar que se enfriara un día más.

—Bah. Estoy seguro de que se
puede utilizar dos días seguidos
—dijo Jorge—. ¿Qué puede pasar?

—¿Pero no nos advirtió Gustavo que no usáramos esta máquina dos días seguidos? —dijo Berto.

—Sí, en el capítulo 12, en el último párrafo de la página 77 —dijo Jorge.

—¿Qué dijo exactamente? —preguntó Berto.

—No me acuerdo —dijo Jorge—. No soy muy bueno para recordar detalles.

—Bueno, yo no entiendo de esto —dijo Berto—, pero ¿y si con nuestro viaje provocamos el fin del mundo que conocemos?

—Eso es ridículo —replicó Jorge—. ¡Suena a preparar el terreno para escribir la continuación de un libro tonto para niños!

Los cuatro amigos se introdujeron
en el Inodoro Morado y cerraron la puerta.
Jorge reguló los controles para volver al
período Cretáceo de la era Mesozoica y luego
tiró de la cadena.

De pronto, una luz intermitente anaranjada
empezó a destellar con fuerza.

—¡Oye! Yo no me acuerdo de haber visto
una luz anaranjada antes... —dijo Berto.

El Inodoro Morado empezó a temblar y a
dar violentas sacudidas.

—Tampoco yo recuerdo que este
cachivache haya temblado ni haya dado
sacudidas otras veces —dijo Jorge.

—¡Algo anda mal! —gritó Berto—. ¡Algo
anda muy, pero que *muy* mal!

De pronto, toda la habitación se iluminó con una brutal explosión relampagueante y el Inodoro Morado empezó a desvanecerse en un torbellino de aire electrificado.

Lo único que se oyó por encima del caótico estruendo fueron dos voces aterrorizadas gritando desde un abismo desconocido.

—¡AY, MADRE! —gritó una de las voces.

—¡YA ESTAMOS OTRA VEZ! —gritó
la otra.